Jackie Plaetevoet

Zone d'ombres

Ce recueil est accompagné
de 17 monotypes d'**Anne Brérot**

ISBN : 2-915077-11-8

Préface

Une poète et une artiste peintre. Deux personnages qui se croisent comme une rencontre fortuite où tout s'exprime de l'intérieur avec chez l'une comme chez l'autre, la même déchirure, *«l'impitoyable sauvagerie des hommes»* qui *«écrase»*.

Ici, tout déborde en même temps, tellement l'intensité est grande, éphémère et douloureuse à la fois. Et puis, aussi intense, un regard extérieur venant signifier l'ordre des choses, propulser le choc émotionnel, vous laisser dans l'interrogation des autres et de vous-même. Les années d'enfance n'y échappent pas avec le nid et l'oiseau dont on devine le piaillement comme l'orchestration d'une mélodie qui nous apporte la musique douce de notre humanité souffrante.

La zone d'ombres qui couvre le tout, qui s'en veut la régulatrice, loin de tempérer l'ambiance, en accroît l'intensité. Les mots, les signes, ce «noir et blanc» qui se prolonge comme phénomène obsessionnel, nous gagnent, nous font poser question sur notre propre histoire.

Que sommes-nous, que faisons-nous, pourquoi existons-nous ? Vide de soi-même et manière de le combler.

«La réalité est toujours au milieu entre le rêve et le cauchemar». Sans doute «est-ce ainsi que les hommes vivent» comme dit Aragon.

«Solitude vaste et pourtant habitée» nous suggère la poète, qui plus directement nous apostrophe.

Et plus loin, de ce *«jour sans matin»*, il est dit que *«rien, jamais, n'apaise la douleur»* mais également, comme pour confirmer que la vie est là, présente au quotidien, que l'amour, ça existe.

L'amour, *«qui fait frémir, vibrer enfin pour que les mots décollent»*... Que ferions-nous sans l'amour ? Oui, que ferions-nous de *«la nuit, avec ses seins obscurs, me courtise puis m'assaille, je me dérobe, à la recherche de la loyauté du jour».*

Ces poèmes représentent pour moi, un long et douloureux frémissement où aimer reste le triomphe. Ils sont un cri d'espérance où tout est objet de conquête, de dépassement et aussi de fêlure et de rêve.

Roger Pestourie

À celles et ceux chez qui ces mots feront écho le temps d'une fraternité éphémère ou d'un lit d'herbe fraîche entre deux pages...

«Ce qui ne peut danser au bord des lèvres
s'en va hurler au fond de l'âme.»

Christian Bobin

«...combien est grave et exigeante la parole,
parler c'est engager à chaque fois son
honneur et son âme.»

Sylvie Germain

Le temps concave
a paraphé le jour
de sa main vide.

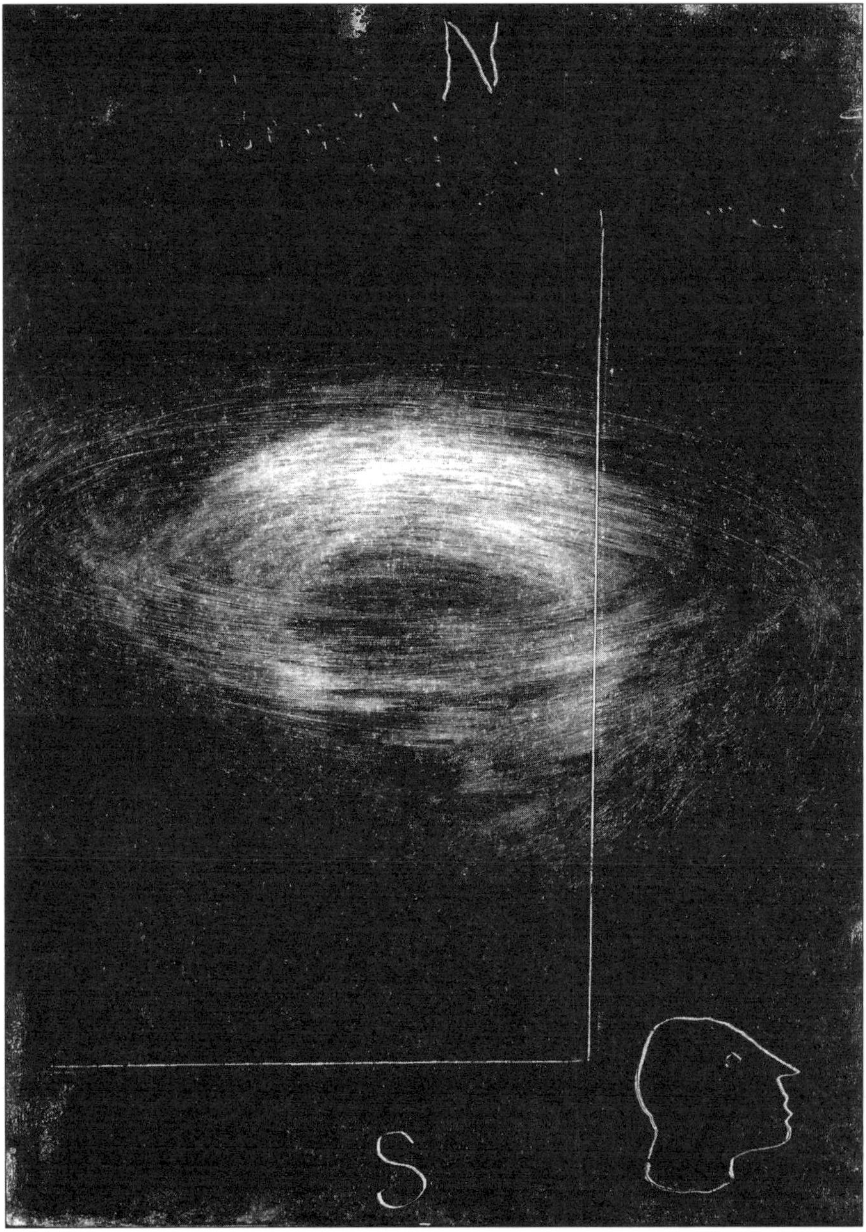
N
S

Zone d'ombres

Altérée
déformée
la langueur candide
de l'enfance
ronde et pure
avant de devenir
sceptique
et finalement rongée
d'épuisement
dévorée
par la multitude
suicidée
de silence

on a fini par l'inhumer
entre ciel et terre
air et eau
peut-être pour enfin
lui trouver un sens
vertical couché
sous le pas piétinant des bottes
de la lie du monde.

Zone d'ombres

Champ libre
solitude vaste
et pourtant habitée

j'apprivoise
tes inconnues
l'épure
de tes vacuités
et le vertige
de cette liberté
fend mon encre
de doute

à l'affût
de nos connivences
j'écris en pointillés
et gauche
je m'allonge
à la verticale
des couleurs.

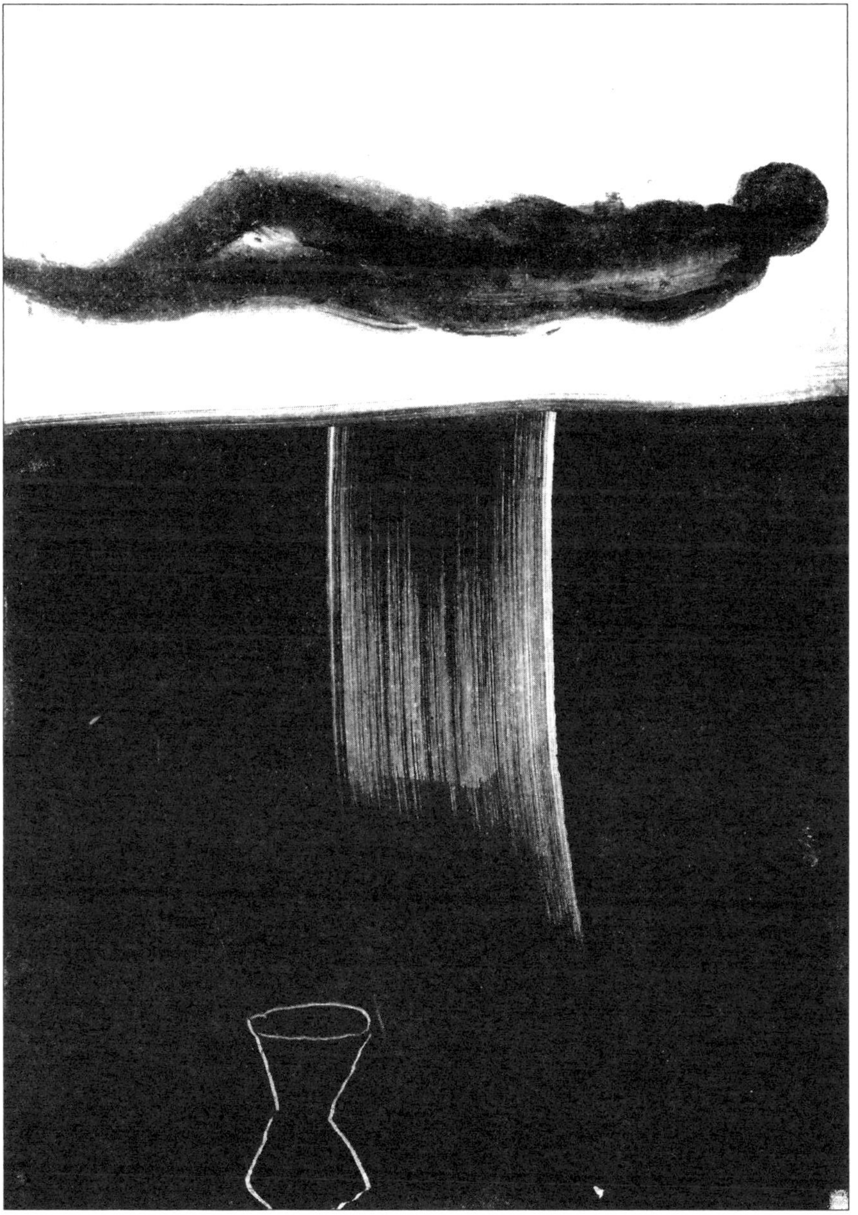

Oh le jour sans matin
sans cette main tendue
qu'est sa lumière
fragile
et puis tenace

c'est comme chuter debout
ou avancer sans fendre l'air.

Zone d'ombres

Rien
jamais
n'apaise la douleur

si peut-être
parfois le vent
quand il se pose
amant
au creux des feuillages troublés
quand il parle
rieur
au regard des enfants
ou qu'il traverse
frêle
l'encre blanche du livre
furtivement
avant de restituer
l'immobile béance

non, rien n'apaise
autrement
la douleur

et je la tiens
instable
dans le chaos du temps
serrée presque
de peur
qu'elle ne m'échappe aussi

je n'écris plus que du silence
un long silence plein
au cœur duquel goutte
l'apprentissage de se taire

parfois me vient
l'imprudence
de la mémoire
mais je n'ai à ce jour
pas trouvé
de bâillon.

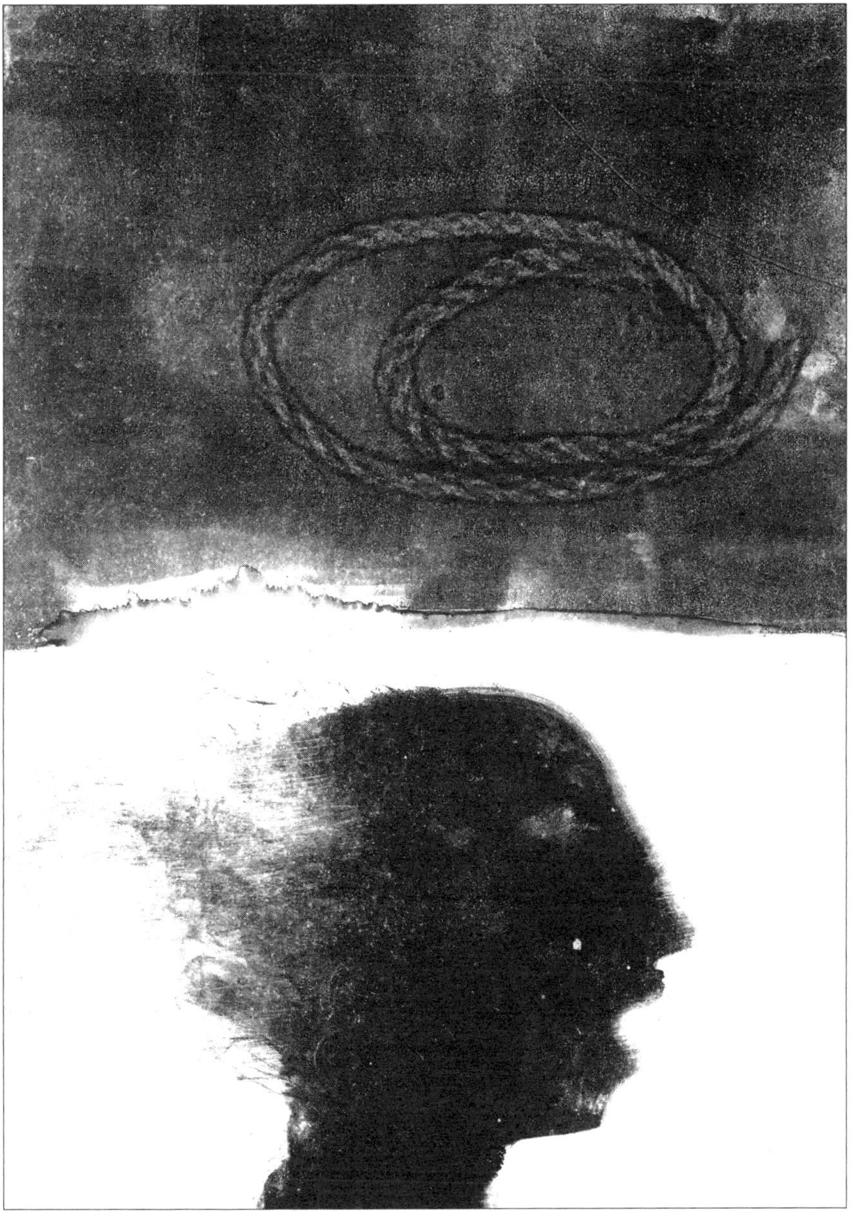

Zone d'ombres

Un instant
l'oiseau s'est posé
sur le bout
de son chant

le temps
d'inquiéter le silence
et de suspendre
au front des rêves
la tempe blanche
de l'éphémère.

Zone d'ombres

Poèmes
cœur nu jeté
dans la gueule
du vide
et de quelques pleins

fils orphelins
dès la naissance
enfants perdus

mais pas mort-nés
ne sont mort-nés
que les trouvés

les perdus
ne sont ni gardés
ni retenus

donnés
seulement

Zone d'ombres

entre douleur
et dissidence

rosée de nuit
incertaine du jour
pourtant
obsédant

cavaliers d'ombres
au trophée de poussière

poèmes
fêlure
en partance.

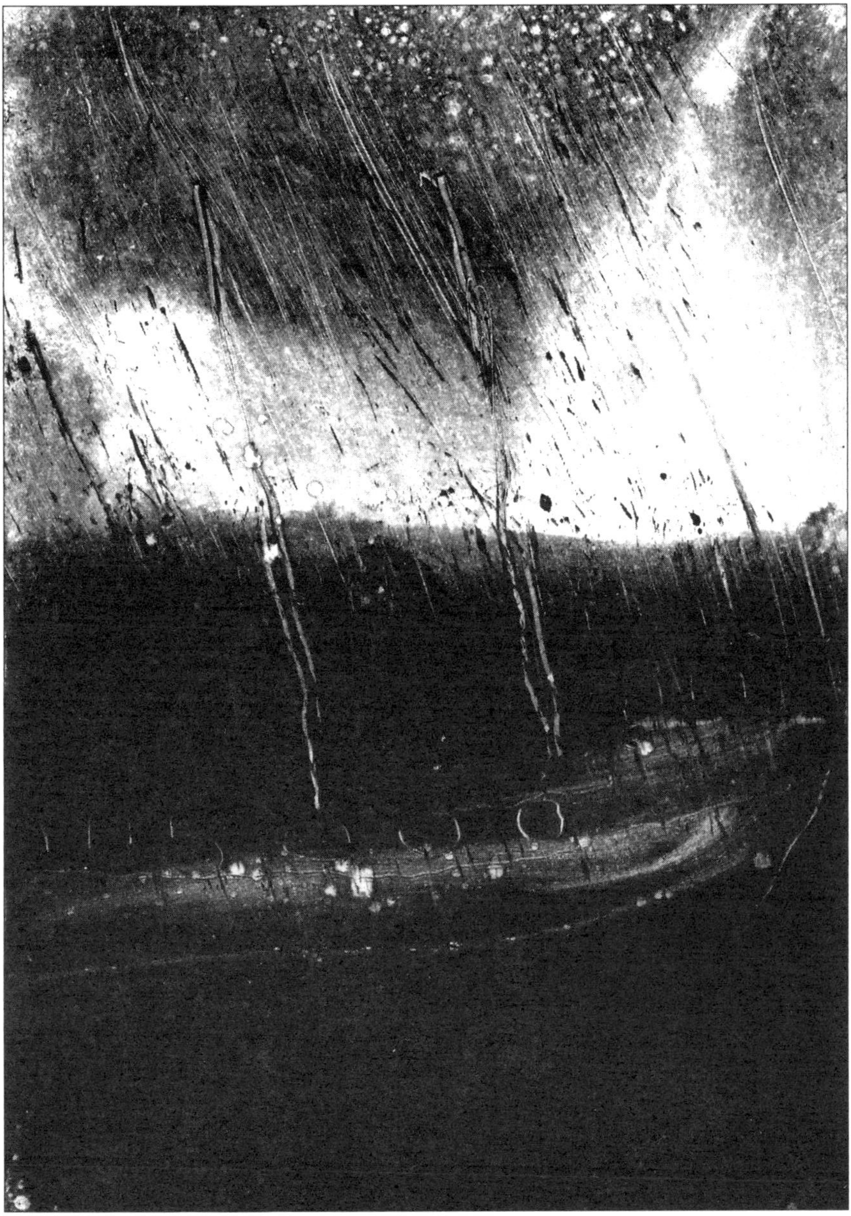

Zone d'ombres

La nuit
avec ses seins obscurs
me courtise

puis m'assaille

je me dérobe
à la recherche
de la loyauté du jour

elle
résolue
continue de me tarauder

et me couche
faillible
en travers
de ses équivoques.

Zone d'ombres

Frémir
vibrer enfin
pour que les mots
décollent
des fonds
glaiseux
de la mémoire

sève endormie
sédimentée
par le chaos
des amnésies
délibérées
et malhabiles

entre mot sacré
ou déchu
les déclinaisons
sont probables
même si lacunaires

et jusqu'au front de l'aube
où perle
la sueur du jour
déjà las
je remise les dîmes
une à une
au grenier
de mes absolus.

Attendre

attendre
un mot
un regard

attendre
un geste

le bus
ou le train

le printemps
l'opportunité

attendre
le début
ou la fin
la vie
ou la mort

Zone d'ombres

attendre
épuise
et brise

pendant ce temps
le temps
distribue
des sourires.

Zone d'ombres

Lever l'encre
et prendre la marge
dériver
sans voile
ni gouvernail
sans nord
ni cap

au gré des murmures
des soupirs
et des rires
des langueurs
et des pesanteurs
coller aux turbulences
à l'amble des houles
ou des lames
qu'importe

quand bien même
il n'y aurait
de libre cours
lever l'encre
et hisser pavillon
sans complaisance.

Zone d'ombres

La réalité
est toujours au milieu
entre le rêve
et le cauchemar

parfois rebelle aussi
ou à pas hésitants
embuissonnée
entre
la frugalité de nos liens
et l'errance familière

certains instants
titubent
à la croisée
de la lumière
comme amoureux
d'une part d'ombre.

Zone d'ombres

Présence enclose
tu me pièges
innocente
en tes alentours
ceints de draps peints
et de mystère

peut-être
tes désordres
t'obligent
intime
à garder les secrets

je me désobstine
un peu vaincue
mais
déjà métissée
par tes reflets.

Zone d'ombres

A ciel ouvert
fraude
et mensonge
s'en vont
bon train
caracoler
sur quelques poings levés

phalanges broyées
pas ma faute
celle d'une autre

à bras ouverts
prospère
la débauche
en tout genre
applaudie
et normalisée

planète bleue
vire au kaki
acide frelaté

Zone d'ombres

à cœur ouvert
rien…

je surligne
indécise
quelques bribes
lunaires
entre le volatile
et le partiel

pour retenir
au bord des lèvres
un peu de miel
à livre ouvert.

Zone d'ombres

En tête
rien que de l'eau
et de la terre

le pâle sourire
de l'automne
dérange le cours
des douleurs
le dilue
puis l'oublie
étranger
à toutes raisons

un ciel d'encre séchée
vient secouer
ses étoiles sombres
au dessus de mes pages

Zone d'ombres

en tête encore
le grand silence
du monde
face au regard déchu
de la misère
à ses cris
éventrés
qui résonnent
tellement loin

l'impitoyable
sauvagerie des hommes
m'écrase

bouche bée.

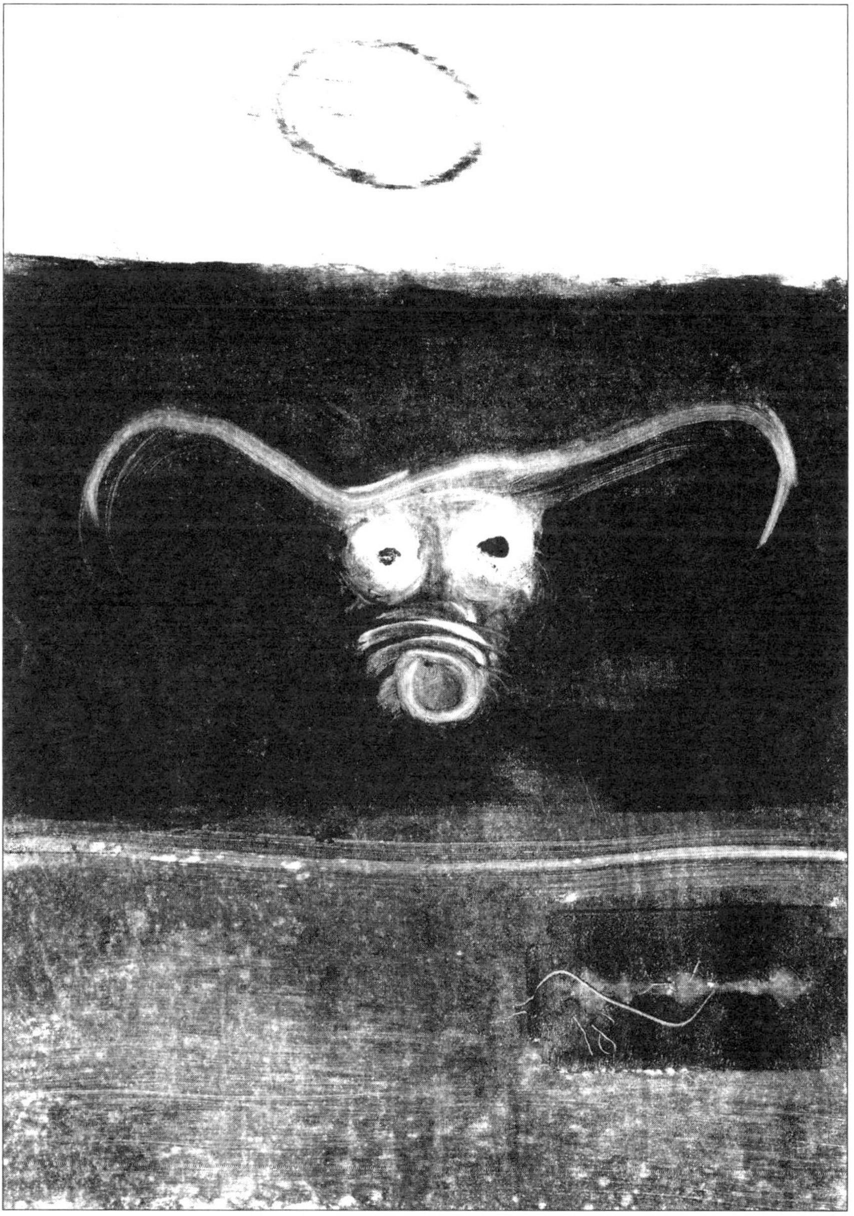

Zone d'ombres

Matin mat
vient suspendre
au fil de linge
tous ses projets
inaccomplis

ils tangueront
flottants
ou tiraillés
entre les aléas du jour
dépositaire
et bientôt repenti
ils suinteront
peut-être
d'impatience erronée
fantasques
irrévérents

mais qui
dénouera leur lien
les laissant
s'envoler
à la nuit tombée ?

Zone d'ombres

Batelier
le jour point
sans surprise
et lisse
une à une
la croisée
des fenêtres

mais
veille encore
le désir
de maraude
écartelé
entre les fruits
et la saison.

Zone d'ombres

Arrêt sur image
temps de gelées
diffuses
de distance
inclémente
hors saison
hors marée

sur plage déserte
j'ai posé encre
sans bagage

pourtant
le temps autour
se poursuit
et personne
ne voit
que tout en allant
je reste
immobile

Zone d'ombres

abîmée
dans l'absence
naufragée
inaudible
ou la béance
m'a rejointe

je l'avais pourtant
consignée

sur le sable
rouge sombre
mille empreintes
me perdent

muette
je m'applique
à déchiffrer
le puzzle de la vie
au savoir
improbable.

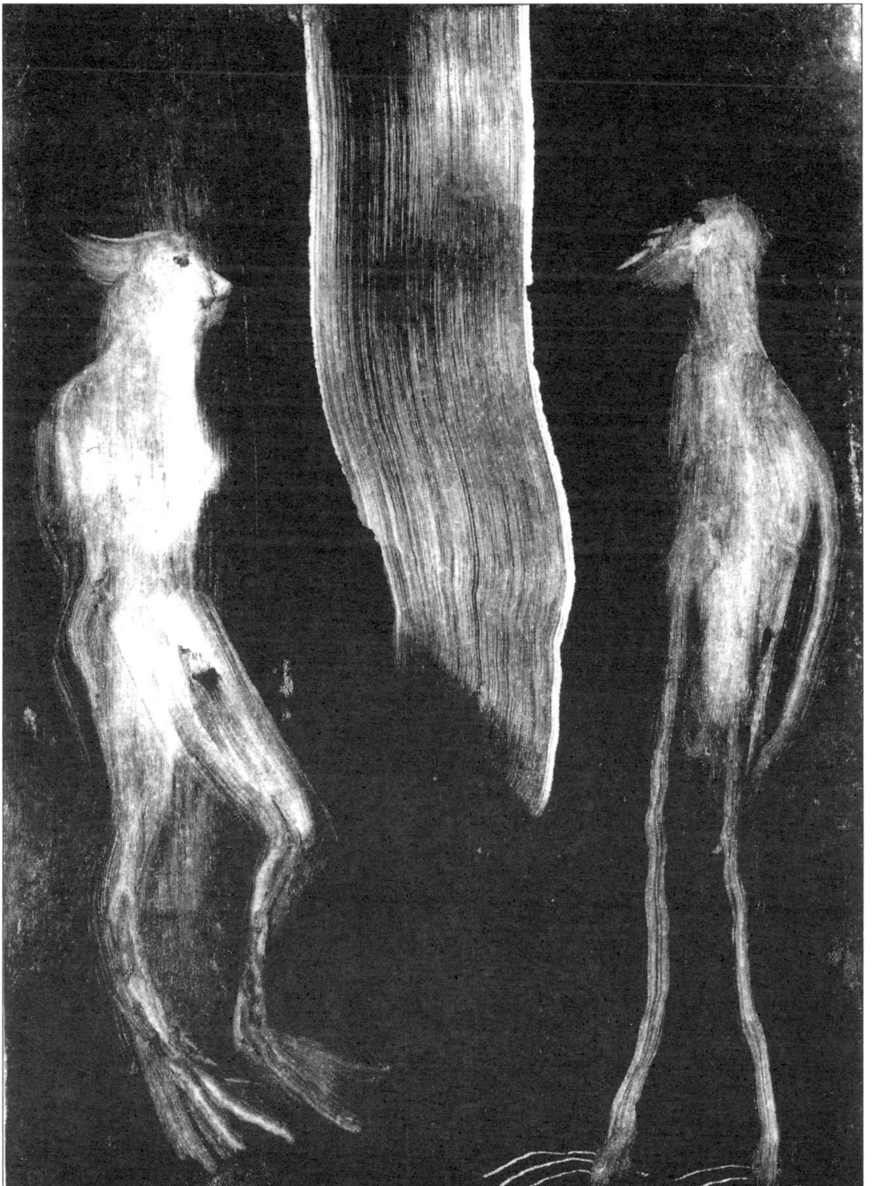

Zone d'ombres

Sur les tuiles
moussues
de la maison d'en face
la coiffe bleue
d'une mésange
emplume
le ciel haut
de ses duvets légers

son chant aigu
et insoumis
transperce l'air
du jet de deux notes perchées

l'oiseau danse
au faîte du toit
sûr de la vie
comme de l'éternité
apostrophe le vent
austère

et continue confiant
d'écrire sa musique
sur la portée des nues

aussi léger qu'obstiné
il chante longtemps

puis s'envole
tout aussi grand
déclamer ses poèmes
à d'autres témoins frères
plus indulgents.

Zone d'ombres

Quand s'établissent les lourdeurs
de déroutes saillantes
en déveines palpées
de fronde résolue
en silence périlleux

il y a
comme une étreinte
adverse et nue
entre le cœur muet
et l'âme concassée

là
sur le trottoir des jours obscènes
pourtant incapables
de la moindre fièvre

n'empêche
quel que soit le passage
quel que soit l'impensé

Zone d'ombres

sous le jupon du ciel
demeure la part de l'ange
l'oblique déconcertante
la partition mystique
qui ajourne toute arrogance
en posant sur nos joues
sa grâce naufragée .

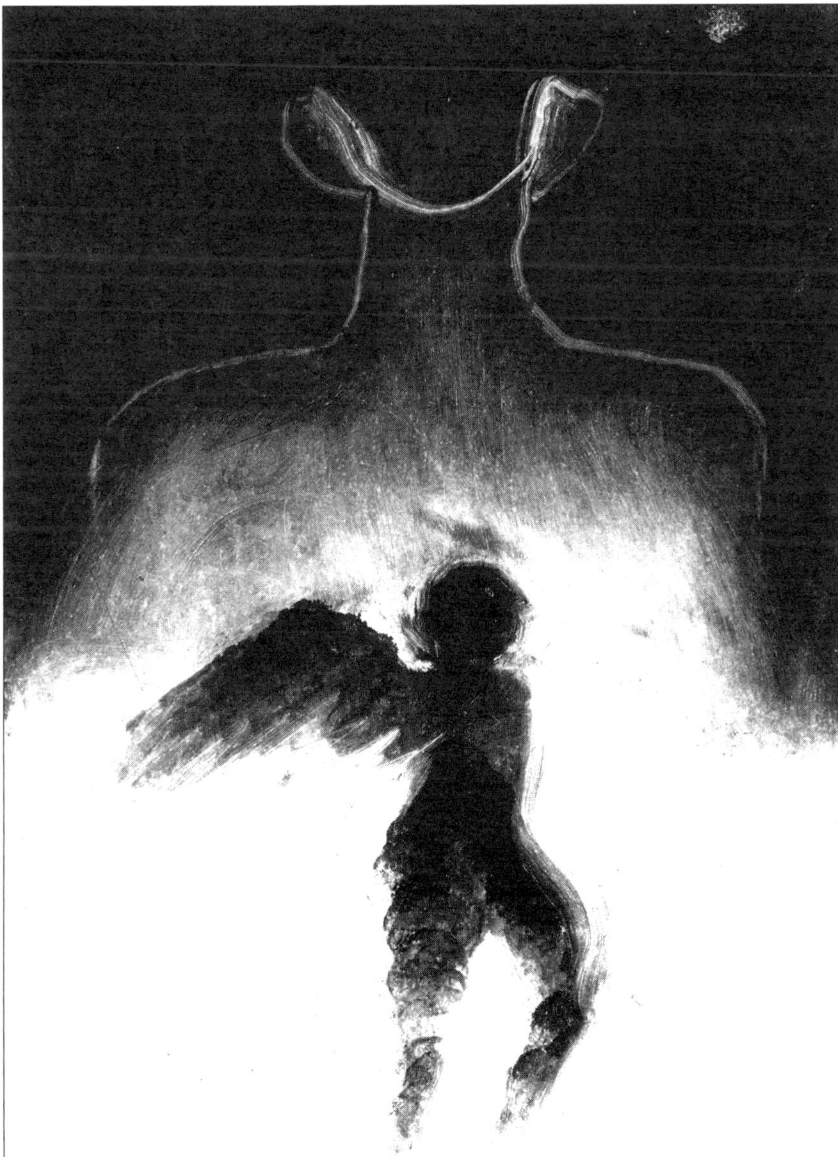

Du même auteur
déjà parus

«Couleurs d'encre» : textes poétiques accompagnés d'illustrations polychromes - 1992 - en collaboration avec H.D. Lemercier

«Itinérances» : textes poétiques accompagnés d'illustrations monochromes - 1994 - en collaboration avec H.D. Lemercier

«Lettres à l'Inavoué» : récits - 1996

«Fragments» : récits - 1997

«François Dorias, peintre lyonnais (1855-1936)» : biographie - 1997

«L'Inépuisable» : récits - 1998

«La femme du silence» : récits accompagnés de lavis de H.D. Lemercier - 2000

Achevé d'imprimer
sur les presses
de l'Atelier Jivaro
à Villeurbanne
- Novembre 2004 -